W0314123

Emma et le secret de la tour

Nadja
Julie Camel

playBac

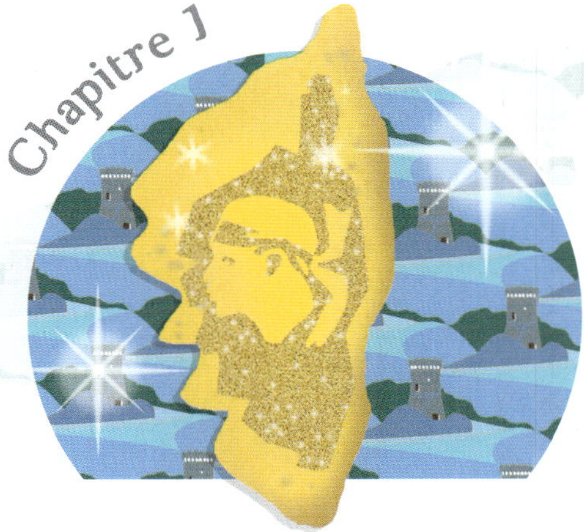

Une pierre étrange

À leur arrivée en Corse, Emma et sa famille découvrent avec bonheur la maison que des amis leur ont prêtée pour les vacances. La mer est au bout du jardin. Emma et son frère Romain jouent toute la journée sur la plage ou nagent dans l'eau transparente avec d'autres enfants, qui sont devenus leurs copains. C'est un vrai paradis. Ils peuvent aller à pied au village, par un chemin qui serpente le long de la baie.

Ils déjeunent aujourd'hui à la **paillote** de Mario, qui leur prépare de grands verres d'**orgeat** à la limonade avant de leur apporter les délicieux beignets au **broccio** qu'ils ont commandés.

Pendant que ses parents boivent leur café, Romain court entre les tables avec un nouveau copain. Emma s'éloigne pour se promener sur la plage et trouver de jolis cailloux. Plus loin, tout au bout de la longue bande de sable, une tour en ruine se dresse sur un piton rocheux.

C’est une **tour génoise**, qui date du temps où les Corses devaient surveiller les côtes pour se protéger des envahisseurs. Il y en a tout autour de l’île. Emma s’en approche, curieuse. Elle se sent mystérieusement attirée vers elle, sans savoir pourquoi. Mais elle ne peut y grimper, la roche est trop abrupte.

À ce moment, une pierre s’en détache et roule jusque sur le sable. Elle est de forme étrange. Couleur d’or vieilli, comme lavé par le temps. Emma entend ses parents qui l’appellent. La petite fille empoche la pierre et retourne sur ses pas.

Le lendemain matin, alors qu'Emma et son frère enfilent leur maillot avant de courir à la plage, leur père leur annonce qu'ils vont faire une marche dans la montagne pour voir un torrent.

Les enfants protestent avec vigueur.
– Je n’aime pas marcher ! dit Romain.
– Je devais retrouver des copines ! ajoute Emma.
En grognant, ils changent de tenue
et montent dans la voiture à contrecœur.

La route n'en finit pas de tourner, **lacet** après **lacet**. Ils traversent des collines couvertes de végétation touffue, qui semble impénétrable.

– Cela s'appelle le « **maquis** », explique la mère d'Emma.

Elle ajoute que seuls les gens du pays savent comment s’y retrouver dans les milliers de sentiers.
– Quand est-ce qu’on arrive ? gémit Romain.

F
CM-199-CE
2A

Chapitre 2

Une rencontre inattendue

Emma se contente de bouder, pour bien montrer sa mauvaise humeur, et joue avec la pierre qu'elle a trouvée la veille. Puis ils empruntent un petit chemin à travers les arbres. Il est plein de trous et de gros cailloux, et la voiture peine dans les montées.

– Tu es sûr que c'est là qu'il fallait tourner ? s'inquiète la mère d'Emma, qui surveille le GPS.

Enfin, il y a un terre-plein à l'ombre de grands arbres, qui ressemble à un endroit où se garer. Lorsque le moteur est coupé et qu'ils ouvrent les portes, l'air est envahi par le parfum des fleurs et le son des grillons.

Ils sont si impressionnés par la beauté de cet endroit que personne ne dit mot.
– J'ai faim ! déclare soudain Romain, et les autres éclatent de rire.

Leur bonne humeur ne dure pas. À la recherche du torrent, ils avancent en trébuchant dans les broussailles et le soleil tape fort.

Il n’y a pas d’arbres qui leur feraient de l’ombre, dans le labyrinthe des sentiers. Ils sont épuisés. De plus, Romain est terrifié. Il est persuadé qu’ils ne retrouveront jamais leur chemin.

Soudain un animal surgit des buissons. Les enfants ont un sursaut de frayeur, mais sont vite rassurés. Ce n'est qu'une mignonne petite brebis. Une femme la poursuit en gesticulant et parvient à l'attraper.

Elle laisse Romain la caresser,
ce qui le console aussitôt.
– Mes pauvres, vous m'avez l'air bien perdus,
dit-elle avec gentillesse.

À la queue leu leu, la petite famille la suit sur le chemin escarpé qui mène à sa bergerie, bâtie contre un haut rocher. Elle les invite à s'asseoir dans l'ombre fraîche d'un mûrier. Elle leur apporte de l'eau et leur fait déguster les **canistrelli** aux amandes qu'elle a cuits le matin même.

Elle hoche la tête avec tristesse au récit de leur mésaventure.
– Vous ne pouviez pas trouver le torrent. Cela fait bien longtemps qu'il est complètement sec, leur dit-elle. Autrefois, il y avait beaucoup d'animation, c'était très gai. Les gens venaient s'y baigner, il y avait un restaurant, des petits commerces qui faisaient vivre le village. Quand le torrent a disparu, les gens du village sont peu à peu partis. Je suis restée seule. Quelle misère !

Chapitre 3

La légende de la tour

Emma écoute, l'air grave, tout en faisant passer sa petite pierre d'une main à l'autre. Soudain le regard de la vieille femme se fait plus perçant.

– Où as-tu trouvé cela ? s'écrie-t-elle.

Emma balbutie.

– Sur la plage… près… de…

La femme se prend la tête dans les mains.

– La tour ! La légende de la tour ! murmure-t-elle. « Dans ses pierres, se trouve le mystère que seul un enfant découvrira… », récite-t-elle. C'est donc toi !

Et, sans que les parents d'Emma aient le temps de réagir, elle entraîne la petite fille à sa suite. Elles suivent un sentier contre la falaise et s'arrêtent devant un reste de fontaine, maladroitement sculptée dans la roche. Juste devant Emma, il y a un petit creux, comme s'il manquait quelque chose.

La vieille femme murmure à son oreille, et Emma comprend ce qu'elle doit faire. Elle fait entrer la pierre dans le creux, comme une clé dans une serrure… et un sourd grondement se fait entendre. Les rochers tremblent autour de la fontaine.

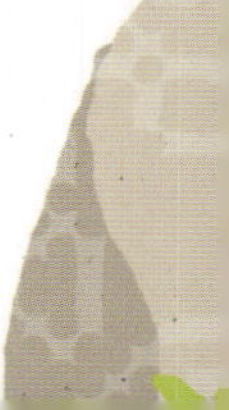

De l'eau claire en jaillit et dévale la pente, jusqu'au lit du torrent asséché. Le filet d'eau grossit, grossit, et devient une cascade qui envahit bientôt le ravin. Emma rejoint les autres et ils contemplent émerveillés ce qui se passe sous leurs yeux.
Entre les rochers arrondis, de merveilleuses piscines d'eau turquoise se sont formées.

Tout le monde s'y plonge avec délice.
La vieille femme pleure de joie.
Le village reprendra vie, grâce à Emma
et à sa pierre mystérieuse.

Le soir, dans le jardin près de la plage, Emma et Romain descendent vers la mer en se tenant par la main.

– Tu savais que la pierre était magique ? demande le petit garçon.

– Je n'en étais pas sûre, répond Emma. Mais je sentais que la tour avait un secret…

Joue avec Emma

Vrai ou faux ?

La maison des vacances
est loin de la mer.

Pourquoi Emma refuse-t-elle d'aller voir un torrent en montagne ?

1. Elle n'aime pas marcher.
2. Elle devait retrouver des copines à la plage.
3. Elle n'aime pas l'eau froide.

Pourquoi Emma et sa famille n'ont-ils pas trouvé le torrent ?

1. Il est asséché depuis longtemps.
2. Il est exceptionnellement asséché cet été.
3. Il n'est pas au bon endroit sur la carte.

Que fait Emma pour faire jaillir l'eau de la fontaine ?

1. Elle place sa pierre dans le lit du torrent asséché.
2. Elle déplace un rocher qui bloquait la sortie de l'eau.
3. Elle place sa pierre dans un creux de la fontaine.

Réponses : Faux. 2. 1. 3.

Quelle est la pierre magique qu'Emma a trouvée ?

1. 

2. 

3. 

Réponse : 1.

Aide Emma à retrouver son chemin dans le maquis :

1. 2. 3.

Réponse : 3.

Retrouve dans la même collection

JAPON

TAHITI

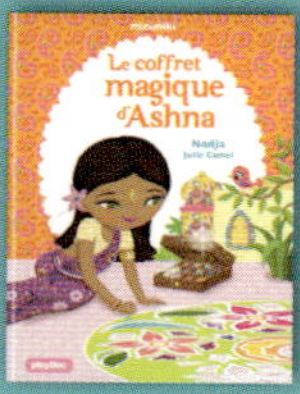

INDE

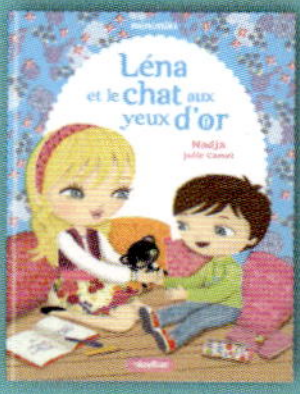

RUSSIE

ESPAGNE

BRÉSIL

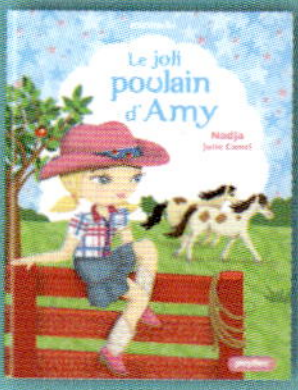

ÉTATS-UNIS

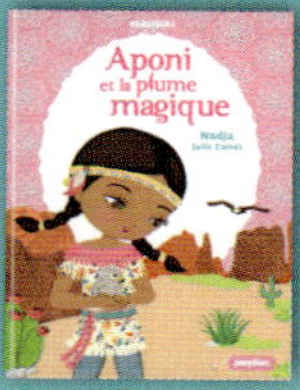

AMÉRIQUE

JORDANIE

CHINE

GROENLAND

SÉNÉGAL

ITALIE

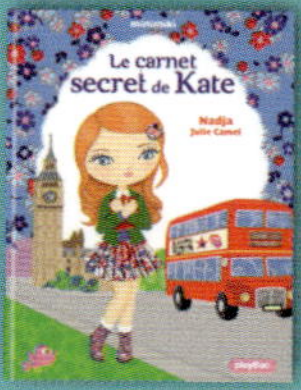

ROYAUME-UNI

AUSTRALIE

Découvre les carnets créatifs Minimiki

JAPON

TAHITI

INDE

RUSSIE

ESPAGNE

BRÉSIL

ÉTATS-UNIS

AMÉRIQUE

JORDANIE

CHINE

GROENLAND

SÉNÉGAL